Zum Schmunzeln und Runzeln

Achim Müller-Weinberg

Zum Schmunzeln und Runzeln

Gedichte

edition anthrazit im deutschen lyrik verlag (dlv)

Kunst ist Nahrung
dem Geist.
Bei deren Verzicht
verkümmert er meist.

Zum Schmunzeln

Mein Eid

Ich schwöre,
mich in Bescheidenheit zu üben,
meine Feinde zu lieben,
keine Ränke zu schmieden,
die Frau nicht zu betrügen.

So wahr mir Gott helfe.

Werde ich schwach
und er lässt mich im Stich,
an mir liegt's dann nicht.

Aufstieg

Je steiler der Berg,
umso kleiner die Schritte.
Gönn dir eine Pause
in der Mitte.

Bist du dann oben,
fällt alles leichter.

Doch auch du selbst,
nur nicht weicher.
Bist an Erfahrung aber
dann reicher.

Abstieg

Habe mich hochgedient
bis zum Abteilungsleiter,
unter mir
drei Mitarbeiter.

Da war ich wer,
fuhr einen großen Wagen.

Nun bin ich Rentier,
hab nichts mehr zu sagen,
obwohl kerngesund.

Da hilft nur ein Hund.

Tröstlich

Wenn's auch nicht mehr flittert,
so manches Teil zerknittert,
lässt sich's doch gut leben.
Und wenn nicht obenauf,
dann eben nur
daneben.

Wieder allein

In meinem Zimmer an der Decke
saß lange reglos in der Ecke
eine Spinne.

Die ich manchmal neckte,
nur um zu sehen,
ob wohl noch Leben in ihr steckte.

Ich nannte sie Adele.
Sie war mir lieber stiller Gast
zur Freude meiner Seele.

Eines Tages war sie völlig ohne Regung,
reagierte nicht auf meine Handbewegung
und war tot.

In meiner Not ich nicht verhehle:
Sie fehlt mir sehr.
Ade, Adele.

Vertreibung

Wenn Kinder schreien,
Frauen kreischen,
dann kann man
fliehend nur entweichen,
um den normalen Blutdruck
wieder zu erreichen.

Kaffeegespräche

Die Torte ist auch nicht mehr das, was sie war.
Bei Muttern hat Quarktorte noch nach
Quark geschmeckt.

Das ist wahr, das ist wahr.

Auch die Rosinen vermisse ich,
nicht aber Pudding im Bienenstich.

Der Kaffee ist ebenso wenig zu genießen.

Ich hörte,
damit er nicht schimmelt,
sollen sie in Kübeln Gift darüber gießen.

Es gibt statt Freude nur noch Qualen.
Herr Ober,
wir möchten gerne zahlen.

Sie waren zufrieden?

Ja, danke, wie stets.

Bei dieser Lüge
erhellten sich der Servierkraft Züge.

Na dann bis demnächst.

Weil die beiden Damen gelogen,
werden sie auch weiter betrogen.

Kaufzwang

Ich brauche wieder Neues,
kaufe und bereu es
schon nach einem Vierteljahr,
weil das, was bisher tragbar war –
verdrängt durch neue Mode,
kalkulierte Fehlerquote –
plötzlich nicht mehr tragbar ist.

Doch Eitelkeit und Werbelist
zeigen, wie schnell Geld zerrinnt.
Ratet mal, wer da gewinnt.

Bedürfnisse

Bedürfnisse,
im Innern schlummernd noch,
versteckt.
Durch Werbung werden sie geweckt.

Und so ist das,
was mit Behagen
uns bisher erfüllte,
plötzlich nicht mehr zu ertragen.

Das freut die Industrie.
Trotz aller Sorgen
produziert sie nun den Müll
für die Deponien von morgen.

Soll und Haben

In einer großen Bank Tresor
verschwindet Geld,
das kurz davor
noch mir gehörte.
Was jedoch dort
keinen störte,
und man mit Begierde
mein schönes Geld
verspekulierte.

Geben und nehmen

Soll die Staatskasse gesunden,
werden Feiertage,
Feierstunden –
soweit sie mit Geschenk verbunden –
neu belebt;
manche gar erfunden.

Die Händler
wie die Gastronomen
erfreut solch einträgliches Omen.

Auch die Hüter aller Kassen
können wieder tief ins
Säckel fassen.
Und erneut mit vollen Händen
unser aller Geld
verschwenden.

Bedingt tauglich

Nicht jede Leuchte
ist ein großes Licht.
Nicht jeder Redner
Wahres spricht.
Die frühe Einsicht
kommt zu spät.

Das ist reale
Relativität.

Ansichtssache

Einen Torso anzusehn
ist größtenteils sehr angenehm.

So kann man uns verschonen
mit den gewissen Zonen,
die oftmals problematisch sind.

Besser ist oft eine Büste.

Denn dort, wo sonst der Bauch beginnt,
ist dann der Sockel für die Brüste.

Angewandte Kunst

Ein Bild an der Wand
kann vieles bezwecken:
Interesse wecken,
Neues entdecken
und auch noch alte Flecken
verstecken.

Ganz praktisch

Auf Klavieren lässt sich's gut
präludieren,

kraftvoll die Akkorde greifend,
im Gleiten nur die Tasten streifend,
oder mit Läufen,
sogar sehr schnellen.

Man kann aber auch
sein Bier drauf stellen.

Höchste Zeit

Der Wind weht eisig
um die Ohren,
der See ist schon halb
zugefroren.

Erwärmt nun wieder
eure Herzen,
es leuchten bald die
Weihnachtskerzen.

Zettel im Schuh

Durch Überlastung
vergaß ich dein Buch.

So bleibt mir nur,
bei meinem Besuch
dies Geld zu hinterlegen
und dich zu bitten,
es selbst zu besorgen;
(morgen oder übermorgen).
Dafür bekommst du meinen Segen.

Denn Liebe,
die hast du doch lange schon.
Deshalb verzeih mir,
es war nicht mein Wille.

Auch ich leide sehr
in aller Stille.
Und tröste dich:
Das Leben geht weiter.

Drum mach dir nichts draus,
nimm's leicht und heiter.

Bedenke die Reue
des Nikolaus!

Weihnachtszeit

Wenn Bratwurstdunst
und Mandelduft
Menschen auf die
Märkte locken
Männer vor den
Buden hocken
wo aus Kartons
der Glühwein fließt
vom Rathausturm
ein Engel grüßt
und Orgeln alte
Lieder leiern
ist wieder mal ein
Fest zu feiern
das uns zur Freude
Anlass gibt –
weil einer da den
andern liebt.

Höchst unchristlich

Vor Heiligabend
auf dunklem Wege
kam ein Mann
mit seiner Säge –
und einem Baum.

Man glaubt es kaum,
dass er nicht scheute,
ungeniert
nur sich zur Freude
fürs Christenfest
den Baum zu klau'n.

Folgen

Wenig Bewegung,
ein voller Bauch
und leerer Beutel –
ist Weihnachten auch.

Zum Runzeln

Ich lebe heute
und denk an morgen.
Was mich einst freute,
macht mir jetzt Sorgen.

Verfremdung

Muttersprache –
unser Idiom –

geprägt von Generationen
in Freude und Not,
Sitte und Brauch.

Durchsetzt mit fremdem Gut
in Jahren,
wird sie charakterlos
und fremd auch uns.

Vergänglich

Mit allen meinen Sinnen
erspüre ich,
was die Natur,
die Kunst,
das Leben uns
an wahrem Reichtum schenkt.

Dies Glück jedoch –
durch Wehmut wird's getrübt,
denn alles ist vergänglich.

Unvergänglich nur
ist die Vergänglichkeit.

Abschied

Es ist so schmerzlich schön,
in abendlicher Stille
noch am Ufer zu sitzen,
die Sterne sehn und lauschen
der Grille letztem Gruß.

Es ist schön hier am Fluss;
schmerzlich nur
zu wissen,
gehen zu müssen.

Lasst euch Zeit

Jedes Warten
wird mit der Zeit
Vergangenheit.

Naht jedoch das letzte Ende,
würde mancher gerne noch
verweilen.

Drum lasst euch Zeit,
anstatt zu eilen.

Üble Gäste

Wir alle sind
für kurze Zeit nur
Gast.

Das ist nicht immer
angenehm,
der andern Gäste wegen,

die sich die Teller
und die Taschen
randvoll füllen,
nach unsäglichem Prassen
das Haus im Chaos dann
verlassen.

Unberechenbar

Hinter der Stirn
brüten im Hirn
Gedanken,
die sich vernetzen –
zum Wohle
oder Entsetzen –
je nach dem Zustand
im Hirn,
verborgen
hinter der Stirn.

Verlorene Zeit

Ein junger Mann,
sein junger Schatz
sitzen beide
auf ihrem Platz.

Schauen sich nicht um,
schauen sich nicht an.

In der Hand
ein kleines Gerät.

Durch Fingerdruck zeigt es, wie spät
es grad im Moment in
Timbukto ist;
was der Mops eines Promis zum
Frühstück frisst.

Auch Wiesen und Wälder
mit Tälern und Höhn sind zu sehn.
Wunderschön!

Das Bier wird schal,
der Kaffee kalt.
So werden beide krumm und alt.

Wie den drei Affen wird es ihnen gehn.
Nichts hören werden sie,
nichts sehn.

Und nichts zu sagen haben.

Zu früh zu spät

Seid ihr noch zu retten?
Nehmt Drogen,
raucht Zigaretten.
Trinkt die Welt nur schön
mit Fusel,
Bier und Wein;
liegt dann in den Betten,
schlaft für ewig ein.

Das kann's doch nicht
gewesen sein?!

Nicht ganz hoffnungslos

Musik der Großen ihrer Branche
– mit Schmerzen oft geboren –
ist schmerzhaft ebenso
für unwillige Ohren.

Wie auch für Menschen,
die im alltäglichen Gelärm
schon das Gehör
und den Verstand verloren.

Zum Glück wirkt die Musik
ganz nebenbei noch therapeutisch
auf Körper, Seele, Geist.
Wird mehr davon Gebrauch gemacht,
dies Besserung verheißt.

Misstrauen angebracht

Misstraue verordnetem Frohsinn.
Zähle die blödelnden Clowns
und erkenne so
den wahren Zustand
deines Landes.

Unsäglich unerträglich

Ob Soldaten mit Macheten,
Kanonen,
Säbeln und Musketen
oder Panzern
mit Raketen
unerwünscht ein Land betreten
und zu Gott um Beistand beten –
es bleiben widerliche Taten,
im Dienste
räuberischer Staaten.

Rätselhaft

Ein Tier
weicht stets Gefahren aus.
Der Mensch
holt sie ins eigne Haus
und trägt sie auch noch weiter.

Sagt,
wer ist wohl gescheiter?

Fazit

Nach allem bisher:
Der Mensch ist nicht Krone,
Stiefel ist er
zweifelsohne.

Doch das,
was er noch nicht zertreten,
lässt Hoffnung keimen.

Es gilt nun, Kräfte zu vereinen
und alle echten Werte retten.

Stiefelmenschen legt in Ketten.

Gute Nacht

Schlaf ist
– wohl dosiert –
für den Einzelnen
gesund.
Er schützt den Geist vor Schwund,
gibt Sicherheit und Kraft,
dem Unerwünschten
zu begegnen.

Schläft jedoch ein Großteil Volk,
dauerhaft und ungerührt,
ist das Gegenteil wohl
zu erwarten.
Es hat dann das,
was es verdient:
wieder schlechte Karten.

Erinnerungslücken

Vergesst auch nicht die anderen,
die ohne gelben Stern.
Sie haben ebenfalls gelitten:
die Sinti, Roma,
alle die als »unwert« galten.
Und jene,
die für eine bessre Welt gestritten.

Ein paar Fragen hätt' ich noch

Wieso gehen Schuld
sowie Pflicht und Verpflichtung
– Gewinne sowieso –
oft in andere Richtung?

Wieso wird Entschuldung
und Schutz vor Gewalt
von oben nach unten
delegiert;
mühsam Erworb'nes
von unten nach oben
geschoben?

Oben locken
hohe Rendite.
Unten gibt es fürs
Ehrenamt
Papier und Blech,
für Zivilcourage
auch Tritte.

Wieso lassen wir uns das gefallen,
wählen wiederum von allen
Angepriesenen die
Falschen?
Die wir
wie schon vor den Wahlen
weiterhin bezahlen.

Ermunterung

Wenn es dich quält,
dass du einsam bist –
liebe!

Liebe den Schnee
mit seinen Kristallen,
kommendes Grün
mit all diesen Blumen,
die auch für dich erblühn.

Liebe den Baum und den Strauch.
Sie lehren dich,
standhaft zu bleiben im Wind,
der kalt dir entgegenbläst.

Wenn es dich quält,
dass du einsam bist –
ändre die Welt,
die dich leiden lässt,
mit denen,
die leiden wie du.

Und liebe!

Perspektive

Tagtäglich zeigt's der Erde Lauf:
Im Osten geht die Sonne auf,
im Westen geht sie unter.
Betrachte ich
von meinem Standpunkt aus
das Ganze metaphorisch,
dann ist auch das kein Wunder.

Ich lebe gerne

Ich lebe gerne,
nur nicht hier.
Zieh mich zurück
auf meine Insel,
höre nicht mehr das Gewinsel
derer,
die mit ihrer Klage
das Erträumte alter Tage
heute noch vermissen.
Und so weiter leiden müssen.

Vergeblich

Versuche, nicht die Zeit anzuhalten;
nicht ihr davonzulaufen.

Beides wird dir nicht gelingen.

Lebe deine Zeit
in deiner Zeit.

Lebe sie so,
dass sie besser wird
für die
nach dir.

Der deutsche lyrik verlag (dlv) ist ein Imprint
der Karin Fischer Verlag GmbH, Aachen.

Besuchen Sie uns im Internet:
www.deutscher-lyrik-verlag.de
www.karin-fischer-verlag.de

*Bibliografische Information
der Deutschen Nationalbibliothek*
Die Deutsche Nationalbibliothek verzeichnet
diese Publikation in der Deutschen Nationalbibliografie;
detaillierte bibliografische Daten sind im Internet über
http://dnb.d-nb.de abrufbar.

*Bibliographic information published
by the Deutsche Nationalbibliothek*
The Deutsche Nationalbibliothek lists
this publication in the Deutsche Nationalbibliografie;
detailed bibliographic data is available in the Internet at
http://dnb.d-nb.de.

Originalausgabe · 1. Auflage 2014

Postfach 102132 · D-52021 Aachen

Gesamtgestaltung: yen-ka
Bildnerisches Motiv von Wolfgang R. Funk:
»Eule« (Glasbild, Glasmalerei)
© Wolfgang R. Funk

Hergestellt in Deutschland

ISBN 978-3-8422-4259-3